ポエムピース

さとうの つめあわせ

まったりこってり黒糖風味

佐藤 円

ごあいさつ

「さとうのつめあわせ」シリーズもおかげさまで3冊目になりました。このシリーズは私さとうの10年間の作品集で、過去に20代、30代の「さとうのつめあわせ」があります。今回はいよいよ40代の作品集。サブタイトルは「まったりこってり黒糖風味」。

最近、奄美大島や沖縄の離島に惹かれ、気が付くと結構な頻度で訪れていました。黒糖の産地ですよね。ここで一度振り返って現在の味を確認したら、また、新しい味を求めて歩き出すつもりです。

ちょっとマニアックで、不思議とちょっとクセになる、そんな「さとうのつめあわせ」をどうぞ味わってください。

平成31年　時代が目の前を通り過ぎたある日

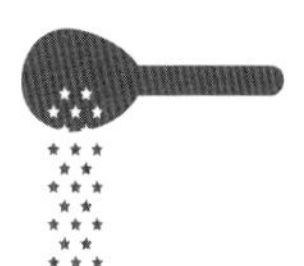

第1章

まったりとゆったりと

ありふれた日常の中で
思うあれこれ

好きなコトを言ってみて

ふわふわの太陽の匂いがするふとんで
ぐっすり眠るの
好きな音楽の中で泳いでいるの
光る言葉に磁石のように吸いついていくの
わけのわからないコトを書き進めていくの
おもしろいモノを見つけて写真とるの
木のテーブルと木のイスの喫茶店でお茶を飲むの

ホットケーキにメープルシロップつけて食べるの
誰も知らない昔の名曲を歌ってみるの

作品が出来上がる前の整えていく作業をするの
マイクを通した自分の声をきくの
晴れた日に思いっきり洗濯するの
アーティストの作品に触れるの

木の葉のささやきを聴くの
夜更かしするの
ボーっとするの
あなたのこと考えるの

あたりまえのように

あたりまえのように　春が来て
あたりまえのように　桜の花がさいた
あたりまえのように　空は青くて
あたりまえのように　風はさわやかだった
あたりまえのように　小犬は走り
あたりまえのように　子供が笑っていた

あたりまえのように　シャッターを切り
あたりまえのように　おさんぽロケをした

みなさん、春です。

東京スカイツリー

小学生の頃
４階建てだった学校の屋上から見た景色には
街のビルと緑の田んぼと
山と海と広い空があった

東京で暮らしていた頃
普通のビルの屋上から見た景色には
どこまでも続く平面に

無数に立ち並ぶ建造物しかなかった
それを見るたび
とても息苦しくなった

今、東京スカイツリーから見た景色は
あの小学生の頃に見た景色とどこか似ている

街並みと川の向こうには山があり
反対側では海が見えている
広い広い空

やっと見えた
東京にはやはり
このぐらいの高さが必要なのかもしれない
もう、息苦しくない

日常

とりとめのない話をして
何気なく笑った

なんとなく食事をして
それとなく聞いた

さりげない時間は
思いがけない宝石

贅沢なティータイム

ミルクティーのような夕焼け前の空
かき混ぜないで
そのまま味わっていたい

夕陽

どうせあなたは沈んじゃうんでしょ
とびっきりの美しさを残して
明日には触れることのできない色を残して
あなたは行ってしまうんでしょ
地球の裏側へ

ないしょ

ホントは何もないんだけれど
「ないしょ」
と、言ってみる

思わせぶりでちょっといじわるな言葉
口にするとそこから秘密が生まれて
ひとり歩きするまほうの言葉

あなたのちょっとあわてた姿を見たいから
言ってみただけだっていうことは
「ないしょ」だよ

恋と愛

恋ってハズカシイ
愛ってムズカシイ

あの日の夏休み

朝５時半に起きて支度をして
スタンプカードを首にぶらさげて
近所のお寺までひとっ走り

６時から鐘つきが始まるから
鐘つき堂にはもう多くの友達が並んでいる
自分の番がくるとちょっとドキドキして
勢いよく引いて思いっきりつくと

「ゴーン」という気持ちのいい音がする
朝の始まりの音

そして座禅会が始まる
静かな時間が流れる

外に出るとちょうどラジオ体操の時間
みんなで歌を歌ってから
第一、第二とすすんでいく
空が広い

最後に近所のおばちゃんに
スタンプをもらってすべて終了
あの日の夏休み
一日の始まりです。

森にて

ここは、どこかの森
もしかしたらあなたの心の中にある森
今日も強い風が吹いている

音

ありふれたコード進行
どこかで聴いたメロディ
さえない演奏
たいくつなフレーズ

本当のあなたの音が知りたい

寄り道

どんな寄り道をしたのだろう
ふと興味がわいてくる

直感で寄り道した先に本当の道が
見えてくることがよくある
その人がその時本当に望んでいたことが
隠れている

だから今
あなたの寄り道が知りたい

完璧な夢

これは夢　完璧な夢
決して現実にはならない夢
いつまでも夢のまま
私の前で微笑んでいる
これは夢、完璧な夢

夏の三角関係

そういえば三角関係という言葉
最近めっきり聞かなくなりました

浮気に不倫に横恋慕
二股交際なんでもアリ

三角形じゃ足りないみたい
五角形ではどうでしょう

五角形は結び方次第で星形になりますが
星形関係、なんて呼んでみましょうか
流行りそうにありません

夏の三角関係
あなたとあなたとこの私

考えてみれば絶妙なバランス
三角関数で解けないかしら
今年の夏のスキャンダル

台風

台風が近づいてくると
周りが不安定な天気になるらしい

幸せ前線に不安の雲がわいてきて
涙のゲリラ豪雨
心が折れそうな強い向かい風
胸の奥にカミナリが落ちる

きっとあなたと私の温度差のせい
感情の川があふれそう

もう無理だ
それなのに
気が付くと前よりも熱い思いでいっぱいになる

あなたは台風
近づいてくるだけで
私のココロは激しく揺れる

夏はどこへ行った

今日は朝から雨が降っている
昨日よりも強い雨が降っている

そういえば　今は8月だ

しばらく半袖のシャツも着ていない
まばゆい太陽の顔も見ていない

夏はどこへ行った

あの空の向こうに消えていったのか
あの雨のしずくに溶けていったのか
僕の見てきた夏は幻だったのだろうか

幻でもいい
もう一度だけ　夏に会いたい

流星だるまさんがころんだ

だって急に動き出すから
ルビーの光より美しいっていわれても
まちの灯りよりも明るいっていわれても
さんざん待たせておいて
んーっと待たせておいて

がまんできなくなった時に
こっそりと動き出すから
ロマンチックとかいう問題の前に
んーって言葉がでてこない
だるまさんが転んだ
ながれ星が流れた

雪道を歩く

ザクッ　ザクッ　ザクッ
新しい雪をふみしめて歩く
バリッ　バリッ　バリッ
一度溶けて凍った雪を砕きながら歩く
ビチャ　ビチャ　ビチャ
太陽の光で溶けた雪をつぶしながら歩く

ドサッ
突然高い木の上から積もった雪が落ちてくる
シャリ　シャリ　シャリ
チェーンをつけた車が通り過ぎていく
雪道は静かでにぎやかだ

しりとりこごと

たぶんすき
きらいじゃない
いつもそう
うらめしい

じゃま

服じゃなくて
肌がじゃまして
あなたとひとつになれない
もっと深いトコロでつながりたいね

はしっこのキモチ　まんなかのオモイ

〝はしっこ〟って
もっと不安なものだと思ってた

〝はしっこ〟は
思っていたよりのびのびしていて
今にもはみだしそう

だって　〝はしっこ〟だと思っていないから

ずっと空に近いから
ずっと海に近いから
ずっと風に近いから
ずっと太陽に近いから

〝はしっこ〟は　周りが決めるものさし
どどーんとまんなかにオモイがある

愛の反芻作業

幸せをかみしめる
不安をすりつぶす
もう一度思い出す
にやける

pancake&cafe
38mitsubachi
ng Menu

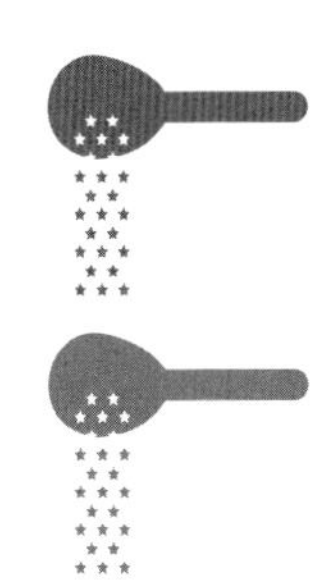

第2章

ほどほどの苦みで

人生のスパイスが
効いています

去年〜2011〜

去年は書けなかった
何にも書けなかった
書くことがなかった
書こうとしなかった

響かなかった
感じなかった
アンテナがこわれた

何も浮かばなかった
何もとどかなかった
何もなかった

去年は書けなかった
言葉を知らない子供のように
住処を失ったカタツムリのように
感情を手放したモルモットのように
書けなかった

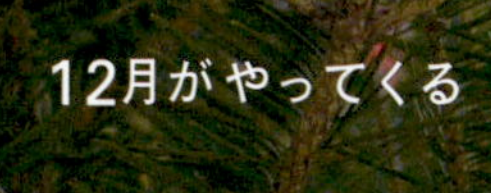

カレンダーがあと１枚

私は決して忘れることのできない

忘れてしまいたい日々を

これからも抱きしめて

生きていくのだろう

12 月がやってくる

12 月がやってくる

また　あの時の恐怖がよみがえる

12 月がやってくる

12 月がやってくる

足元が崩れていく

私はどこへも行けない

素朴な質問
死ぬまでにあと何錠いるの？

ロヒプノール

今日は眠らせて
頭の中をイレースして
明日の自分のために

脳の隅々まで
やわらかいヴェールが広がっていくと
間もなく静寂の中に溶けて行くから
もう少し待ってみよう

時計の音が遠くなる
気づいた時は　朝だ

何もしない休脳日
何も聴かず
何も見ず
何も話さず
何も書かず

全てのことが刺激になるので
しばらく脳を放っておく

何も想わず
何も描かず
何も創らず
ただ存在する

広い空間に魂だけが浮かんで
まるで宇宙のように静かだ

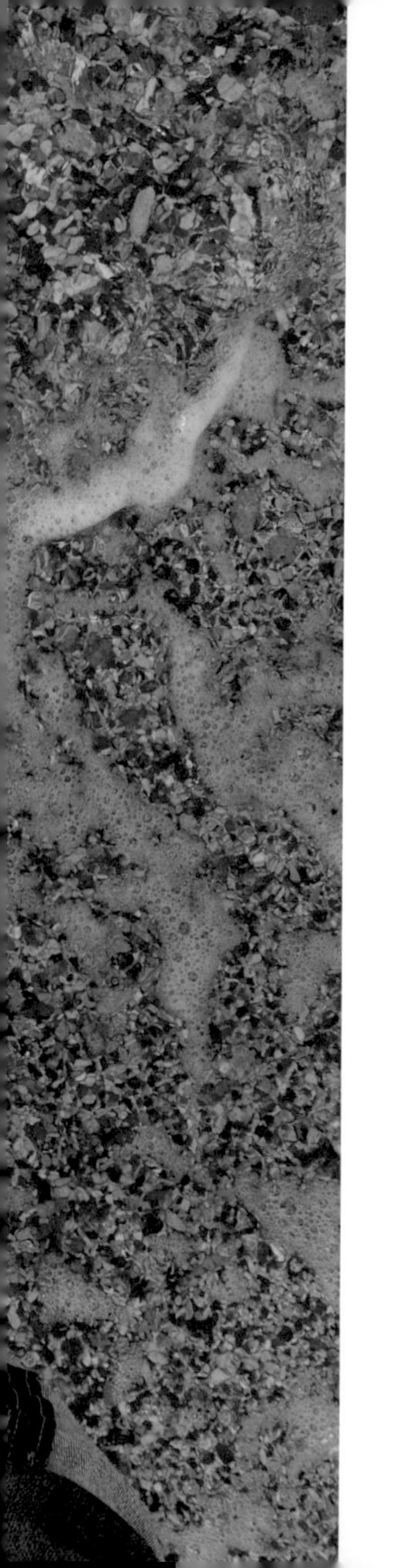

素朴な疑問

私が死んだら放射性廃棄物として
処理されるのかな

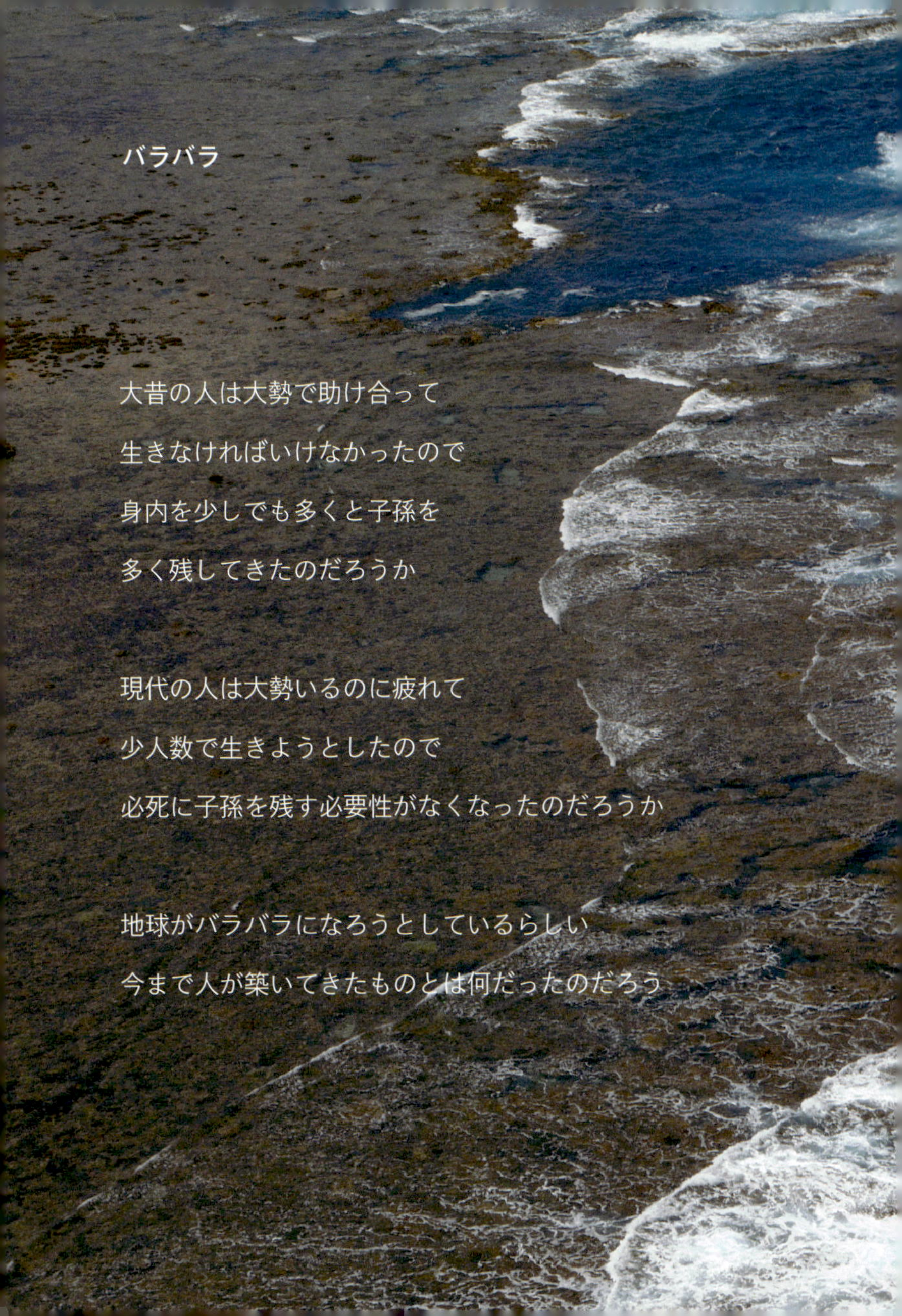

バラバラ

大昔の人は大勢で助け合って

生きなければいけなかったので

身内を少しでも多くと子孫を

多く残してきたのだろうか

現代の人は大勢いるのに疲れて

少人数で生きようとしたので

必死に子孫を残す必要性がなくなったのだろうか

地球がバラバラになろうとしているらしい

今まで人が築いてきたものとは何だったのだろう

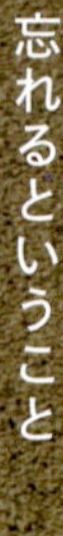

忘れるということ

被災地の人は忘れたくても
忘れることができずに苦しんでいて
被災地以外の人は忘れないように努力しないと
忘れてしまいそうになる

忘れてしまえば楽になれるのかしら
どうすれば忘れずにいられるのかしら

正反対に動き出した心は
「忘れる」ということでつながっている

忘れてほしい
そして
忘れないで

風について思うこと

心地いい風が吹いてきた
山からの西風
まもなく東風に変わった

春の心地いい風には何かが混ざっている

暖かい風が吹いてきた
季節を告げる南風
いつしか北風に変わった
夏の暖かい風には何かが混ざっている

只今、工事中

いつでも隙間から青空
マイブルーシート

バララッ　バララッ　バララッ　バララッ

雨ってホントに粒なんだね

感受性

なじみの整体師さんに
筋肉の感受性がいい　と
言われた。

筋肉…おまえもか。

おっぱいは肉のかたまり

おっぱいは肉のかたまり
ただの肉のかたまり
それなのに、なぜ?

産んどかないと

作品は多分出産と同じ
産める時に産んどかないと！

消えていく

時間が消えていく
記憶も消えていく
そして
私も消えていく

目のポーズ

ちょっと気取って目のポーズ
もうすぐ年期が明けるのさ
ようやく大人の目のポーズ
ここまでくれば一人前
まだまだいろいろ目のポーズ
何とかなる気がしてきたよ

これから決めるぜ目のポーズ
ますます更に美しく

インフルエンザ

そういえばあの頃もこうやって
日曜日の午後には決まって
カセットテープやレコードの音楽を
次々に連想ゲームのように
思い付きで並べながら
聴いていていたっけ

そして決まって夕方頃から

急にせつなくなって
胸がいたくなる

そんな音楽にのめりこめる瞬間を
取り戻せたのは
インフルエンザのおかげかな

たまに襲いかかるほどほどの病気はココロのお薬
ありがたく受け止めよう

第3章

すっきりとした切れ味で

充実した仕事は生きる喜び。
今日もぼちぼち行こう

仕事

仕事は突然、
降ってくる。
湧いてくる。
流れてくる。
たまに、落ちている。

日曜日の夜の静けさが好き

毎日同じような仕事や動きをしている私にとって
曜日はあまり関係がない

なので、たまに普通に連絡をしてしまって
ああ、今日は土曜日だったなんて
失礼なことをしてしまうこともしばしば

でも、無条件に日曜日を感じさせる瞬間がある

それは、日曜日の夜のラジオ
多くの局が停波する
その瞬間のアナウンスを聞くとせつなくなる

あの時と同じだ

幼い頃、フェードアウトがせつなくて
フェードアウトのその向こうの世界は
まだ続いているはずだという憧れから
むりやり小さくなる音に逆らって
ボリュームを大きくして最後まで聴いていた

あの時の感覚

そう、私は日曜日の夜の静けさが好き
曜日感覚から遠いところにいる疎外感が
いっそう増してくるから

せつないから、好き

ワンマンＤＪ

インタビューして選曲して構成して
音出して喋ってＭＩＸして
あとは空を飛ぶだけです。

電波乗り

ＣＤの穴の中に身体を入れると浮き輪になるよ
バランスをとりながら電波の中を泳いで行こう

私達は電波乗り

DiVa中毒

曲がいいとか詩がいいとか
そんな生易しいモンじゃない

時に優しい顔をして
時に寂しい影を帯び
時に激しい波動となって

心に身体に染み込んでいき
いつのまにか魂を乗っ取る
気づいたら中毒
もうやめられない

ひとりになったらラジオをきくでしょう

ひとりになったら　ラジオをきくでしょう
そこにはいつも人の声があって
心を満たしてくれる音楽もあります
熱にうなされて心細くても
けがでベットから起き上がれなくても

枕元にはラジオ

消えてしまいたいと思った夜も
見捨てられると思った朝も

必ずそこにいるラジオ

だから　きっと
ひとりになったら　ラジオをきくでしょう
あたりまえのように　きくでしょう

音楽

音楽に包まれて
音楽を感じて
音楽にゆられて
音楽にゆさぶられて
音楽に震えて
音楽が満ちていく

音楽はあなた

休日の蔦屋書店仙台泉店
タリーズコーヒーとジャズと

休日の蔦屋書店仙台泉店は
いつもとはちょっと違う顔をしている

時間の流れがゆるやかなせいなのか
訪れる人のココロがおだやかなのか
それともみんな花粉症でボーッとしているのか

店内をふらついたらコーヒーが飲みたくなった
タリーズコーヒーでソイラテを頼む
すると
耳に心地良いジャズのナンバーが聞こえてきた

そうか
タリーズコーヒーの甘さと
ジャズの苦さと
程よくブレンドした空間に身を置くと
いろいろわかってくる

何事もほどほどがいい

今日、これから甘くて苦い朗読ライブをする
ほどほどに緊張して
ほどほどにゆるみながら

書くということ

自分の中にいつでも何かが流れているので
あとは蛇口をひねるようなもの

それらしいモノがでてきたり
ダジャレだったり
擬音語だけだったり

それを自分も楽しんでいる。

つまらない詩

つまらない詩を書いた
誰にも読まれない詩を書いた

何のメッセージもない
心の中のつぶやき
吐き出すように
並べただけの

つまらない詩を書いた

でも
つまらない詩は消えない

メモ帳からも
頭からも
生活からも
呼吸からも
決して消えてはいかない

だからいつも
つまらない詩と一緒に生きるしかない
つまらない詩は　私だ

実感

作品が出来るたびに
〃私、生きてるなぁ〃と感じる。

そして
生きていてもいいよ、と言われている気がする。

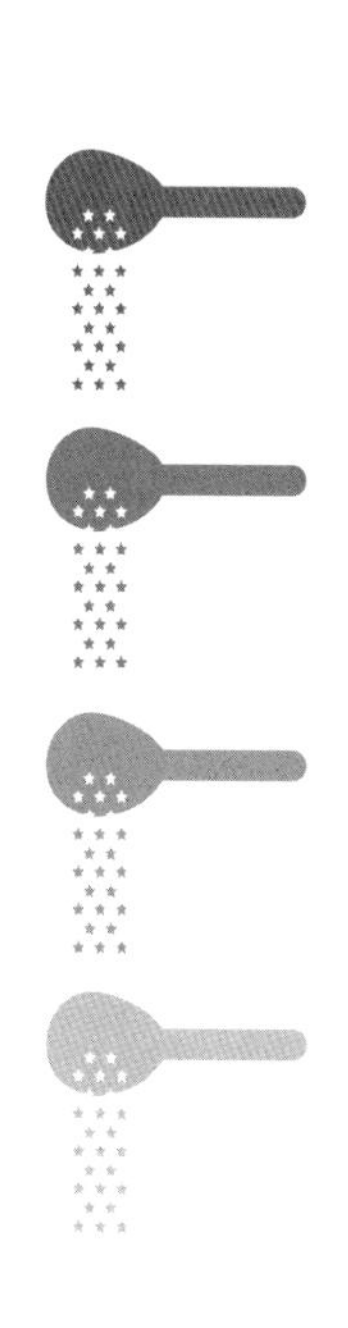

第4章

こってりしたコクで

音楽と詩で遊んだ
朗読ライブの台本集

朗　読　佐藤円
ピアノ　舞石美和

続・〝君〟のこと

いつも僕は　僕の中の君に問いかける
君は幸せかい？　と
自分を大切に生きているかい？　と

大切な人を幸せにしたいなら
まず　自分が幸せにならないと
　自分を大切にしていかないと

そうしないと　僕は壊れてしまう
僕は　君が思っているよりも強くて弱いんだ
僕は　君のやさしさ　で　できている
　　　君のあたたかさ　で　できている
　　　君のほほえみ　で　できている

そう　君と同じ

そして僕は　また
君の幸せを胸に
夢の中へと駆けていくんだ

（♪『夢』クロード・ドビュッシー）

調子っぱずれの恋

あなたと私はどこか調子っぱずれ
正確に言うと他の人には調子っぱずれに
うつるらしいっていうこと

世間の常識とか
ありふれた安定とか
想定内のリズムとは遠いところにある

一般的な幸せとか
求められる自由とか
毎日がご機嫌なシンコペーション

あなたと私は絶妙なバランスを保ってる
他の人には今にも崩れそうに見える
そのカタチが心地いい

必要以上の心配とか
おせっかいな噂話とか
経験談のリピートにはうんざりしてるの

あなたと私は調子っぱずれ
二人とも調子っぱずれだから
こんなに素敵なハーモニーが生まれる
あなたと私は調子っぱずれ
調子っぱずれなメロディを奏でましょう

（♪『デサフィナード』アントニオ・カルロス・ジョビン）

子象の行進　Where are you going?

むかしむかし、
あるところに楽しい動物園がありました。
「楽しい」といっても、
楽しいのは動物園に来るお客さんで、
動物たちは毎日毎日檻の中で暮らし、
退屈していました。

ある日、とても元気のいいインド象の男の子が親の目を盗んで檻を抜け出しました。

「そうだ！　あいつを誘ってみよう！」

インド象の男の子が目指したのは

アフリカ象のところでした。

「なあなあ、アフリカ象。この動物園の外にとてもおいしい食事ができるパラダイスがあるらしいんだ。一緒に行かないか？」

アフリカ象はビックリしましたが、

すぐについていこうと檻を抜け出しました。

2頭の子象が歩いているのを見て、
公園の池に立っていた色白の裸の男の子も
ついていきました。

しばらくすると、
一つしか目がない妖怪が現れました。

突然、北風が
ヒューンヒューンヒュルルーンルンルンルン
と吹いてきました。

「君たちにお金をあげよう」

親切なおじさんもついてきました。

そして、インド象、アフリカ象の子供と小便小僧、

一つ目小僧、北風小僧の寒太郎、

そしてねずみ小僧は

とてもおいしい食事ができるパラダイス

「小僧寿し」へと行進するのです！

（♪『子象の行進』ヘンリー・マンシーニ）

与作

与作は木を切る　今日も木を切る
誰に頼まれたわけじゃない
与作は与作だから木を切るのだ
木を切るから与作なのだ
与作　与作　今日も木を切る
女房の待つ家に帰り　ゆっくりと休むと
明日また　与作は木を切るのだ

舟唄

お酒は最近飲めません
肴は音楽が一番です
女は無敵なヒトがいい
灯りは顔が見える位がちょうどいい

しみじみ話し出すと止まらない年頃
想い出ばかりが増えすぎます
涙がポロリとこぼれるような
歌を心から求めているのです

津軽海峡・冬景色

人は悲しいことがあると
どうして北へと向かいたくなるのでしょうか
凍えそうな心をかかえて
ひとり旅へと電車に乗りました
今回は少し長い旅になるかもしれません
でも心配しないでください
ちゃんと帰ってきます

あの北の果てのあの景色が見たいのです
どうしてもひとりで見たいのです
ああ　津軽海峡　冬景色

続・マーブルチョコレートの恋

そんなことを書いた20代の私
あれから20年が経ちました

結局チョコレートなんです

どんな甘いもの出されても
最後に必ず戻ってきます
色にだまされることもありません

だから　思い切って
そんなに　悩まないでください
どんなに若くても　年とっても
私は私なんです
マーブルチョコレートがとける前に
どれでもいいから食べてください

（♪『オール・オブ・ミー』）

スタンダードが聞こえる

（♪＃1『テイク・ファイブ』）

「5分間休憩しませんか？」

フラット君はシャープさんに話しかけた。シャープさんはいつもそっけない。今日もチラッと目が合ったかと思ったら、そのままプイといなくなってしまった。

こんな具合なのでフラット君は少々落ち込んでいる。そう、マイナーな気分でいっぱいだ。

手の届かないものほど憧れるもので、ちょっと今のフラット君とシャープさんの間には距離がありすぎる。シャープさんから歩み寄ることは期待できないので、ここはやはりフラット君が一大決心をして歩み寄るしかないだろう。

でも　フラット君はいつでもゆううつ
　　　フラット君はいつでも不機嫌
　　フラット君はいつでもカッコつけてる

もっと肩の力を抜いてナチュラルにしてみると新たな世界が広がりそう。そう、C調に。

フラット君がシャープさんに歩み寄るには、一度まっさらな気持ちになって原点回帰。子供の頃に親しんだフラットもシャープもない世界に飛び込んでみる必要があるかもしれない。

そして、その時、少しだけ明るい兆しが見えてくるはず。メジャーな気分に慣れてきたら、その強気なままでシャープさんにもう一度話しかけてみよう。
さあ、フラット君、できるかな？

（♪＃2『サテン・ドール』）

いい感じに明るくなってきたね。まだテンポは緩やかだけど、フラット君の心のビートが伝わってくる。
さて、シャープさんはどうかというと、なんだかまんざらでもないようで、チラッと目が合ったかと思ったらわからない国の言葉を話して思わせぶりに通り過ぎてみせた。なかなかいい具合。少なくてもフラット君の存在を気にかけている様子だ。

ここまで来たら、あとは勢いをつけて猛アタックするしかなさそう。速いテンポで考える時間を与えないように、ノリよく、明るく、歩み寄ってみよう。

そう、恋は思い込みが大切。

　二人でしか見えない世界へ
　二人でしかつくれない世界へ
　二人でしかたどりつけない世界へ

これから一緒にいきましょう！と口説いてみよう。

ほら、どこからか音楽が聞こえてくる。いつの日か憧れたスタンダードナンバーだ。
なんだか気分がハイになってきて、何でも出来そうに思えてくる。
目指すのはあの高い空。月が輝く高い空。
もう、今までのフラット君ではない。
　だからシャープさん楽しく、
　だからフラット君一緒に、
あの高い所まで行きましょう！

（♪＃3『ハウ・ハイ・ザ・ムーン』）

モクレンの木の上で

今年も白いモクレンの花が咲きました
この季節は遠い昔のあなたのことを思い出します

庭の真ん中に立っていたモクレンの木
子供の体でちょうどいい場所に
手をかける枝があって
足を踏ん張れるコブがあって
するするって登っていくと

ちょうど太い幹がわかれる所に腰かけて
あなたが来るのを待っていたんです

雲はゆっくりと流れて
風は心地よくそよいで
太陽はキラキラと眩しくて
青空は何処までも澄んでいて
私はいつもこの特等席で
空にいるあなたとお話をしていました

ある日
もう少し遠くが見たかったので
いつもの特等席で立ち上がってみたんです

少し不安で
少しワクワクして
少しドキドキして

屋根越しに見える景色が冒険心をくすぐりました

手を伸ばしたら何かが捕まえられるかもしれない
そう思ってやってみたけど
握った手の中には何もありませんでした
あなたはいつも遠い空の上にいました

しばらくして
モクレンの木はなくなってしまいました
あなたと会うこともなくなってしまいました

どうやったら会えるのでしょう
もう一度モクレンの木に登ったら
会えるのでしょうか

それ以来
大人になった私でも登れそうな
丈夫なモクレンの木を探しています
今年も白いモクレンの花が咲きました
いつかまた
モクレンの木の上で会いましょう

音声詩人　佐藤 円（さとう まどか）

1970年仙台市生まれ。宮城県第二女子高等学校、日本大学芸術学部放送学科を卒業。1992年「赤ちゃんの歌」歌詞募集において厚生大臣賞、日本大学優秀賞芸術文化部門受賞。今までに「さとうのつめあわせ」シリーズの他、「アダンの思い」（ポエムピース）などを出版。

ワンマンDJスタイルのラジオパーソナリティとして、FMチャッピー（埼玉県入間市）、ｆｍいずみ（宮城県仙台市泉区）の開局スタッフとなる。現在はｆｍいずみ（79.7MHz）のレギュラー番組「さとうの気持ち」を担当。おさんぽロケをライフワークとする。

twitterでは「毎日ひとつぶ」と題し、何気ない一言を前日からのしりとりで繋いでいる。それを元に「ことばの個展」も不定期で展開中。

その他、ステージでの朗読・司会、ナレーション、アートレビューの執筆、昭和歌謡解説など、音と言葉の表現をマイペースで追求している。

ブログ「さとうの気持ち」
http://sato-kimochi.cocolog-nifty.com
twitter　@sato_madoka

さとうのつめあわせ
まったりこってり黒糖風味

2019年6月22日　初版第1刷
著者／佐藤 円
発行人／松崎義行　発行／ポエムピース
東京都杉並区高円寺南4-26-5　YSビル3F　〒166-0003
TEL03-5913-9172　FAX03-5913-8011
印刷・製本／株式会社上野印刷所
編集／川口光代　ブックデザイン／堀川さゆり

ISBN978-4-908827-54-9 C0095